LES AMOURS

DE

DAPHNIS.

Ut vidi, ut perii, ut me malus abstulit error!
VIRG., Ecl. VII, v. 41.

PARIS,
IMPRIMERIE DE SÉTIER, COUR DES FONTAINES,
N° 7.

1826.

LES AMOURS

DE

DAPHNIS.

LES AMOURS

DE

DAPHNIS.

Ut vidi, ut perii, ut me malus abstulit error!
VIRG., Ecl. VII, v. 41.

PARIS,
IMPRIMERIE DE SÉTIER, COUR DES FONTAINES,
N° 7.

1826.

A Mon père.

Gage d'amour et de respect.

Daphnis à Chloé.

Te voir et t'adorer, Chloé, fut un instant!
Mon sein fut pénétré d'une brûlante ivresse
Ma raison s'envola; ta grâce enchanteresse
Me rendit pour jamais et fidèle et constant.
Je ne suis plus à moi,
Je suis à mon amie!
Je veux subir sa loi,
Lui consacrer ma vie.
Chloé, je veux semer des roses sous tes pas;
Embellir tes moments par mes soins délicats;
Je veux charmer ton cœur par les sons de ma lyre;
Je veux t'aimer toujours et toujours te le dire!

Le lis, aux doux parfums; le superbe palmier;
Le chevreau bondissant, aux flancs d'un mont altier;
La mousse, qui des mers tapisse le rivage;
Le coursier belliqueux; le papillon volage;

Le dauphin dans les flots; le vautour dans les airs;
Le léopard cruel dans ses affreux déserts,
Brûlent du feu d'amour : sur tout ce qui respire ,
L'Amour, le faible Amour, exerce son empire.

Le chêne des forêts par les vents agité,
Le flexible roseau qui se courbe et murmure,
Le ruisseau qui s'enfuit d'un cours précipité,
Tout nous répète: aimer, c'est la volupté pure!

Aimons-nous! aimons-nous! lumière de mes jours!
Viens serrer nos doux nœuds à l'autel des amours.
J'en atteste, à tes pieds, la reine d'Idalie,
Je veux, jusqu'à la mort, adorer mon amie.
Ineffable bonheur!
Ta flamme sera ma flamme;
Mon cœur sera ton cœur,
Ton âme sera mon âme.
Chagrins, plaisirs, amour, tout nous sera commun,
Nous ne serons pas deux et nous serons plus qu'un!

Daphnis et Chloé.

DAPHNIS.

Ma Chloé me paraît un lis, en son matin,
Dont la suave odeur se répand au lointain.

CHLOÉ.

Comme un cèdre superbe, éclairé par l'aurore,
Tel paraît, à mes yeux, le berger que j'adore.

DAPHNIS.

Mon cœur, dans mon sommeil, est tout rempli de toi,
Il s'agite, il s'écrie: ah! sois toujours à moi!

CHLOÉ.

Dans le calme des nuits je m'éveille avec crainte;
Je tremble à mon bonheur de voir donner atteinte.

DAPHNIS.

Qui peut de ton bonheur interrompre le cours ?
Qui peut, ma bien-aimée, alarmer nos amours ?

CHLOÉ.

Je ne vis plus dans moi, c'est dans toi qu'est ma vie !
Toujours te posséder c'est le bien que j'envie.
D'un autre amour, hélas! si ton cœur transporté
Oubliait tes serments près de quelque beauté.
Quels moments douloureux! quelle horrible souffrance !
Adieu, tendres plaisirs! adieu, douce espérance!
Entourée à jamais d'un abîme de maux,
Le trépas pourrait seul me donner le repos.
Sur le bord d'un ruisseau, de nos jeunes bergères
J'ai contemplé les jeux et les danses légères:
Quels attraits ravissants! quelle vive fraîcheur!
Une crainte secrète a fait battre mon cœur.
Leur gaîté m'attristait, au fond de la vallée,
Aussitôt j'ai couru, tremblante et désolée:
J'ai consulté des eaux le cristal argenté,
Et mes yeux dans mes traits cherchaient de la beauté.
Crois-moi, mon bien-aimé, l'amante la plus belle
Est l'amante toujours et constante et fidelle.

DAPHNIS.

Ton souris est plus doux qu'un rayon d'un miel pur!
De tes yeux enchanteurs le ravissant azur,
Dans mes sens enivrés porte un tendre délire,
Et ta voix sur mon âme assure ton empire:
Le Zéphyre inconstant, soupirant près des fleurs,
Philomèle, aux échos racontant ses douleurs,
Ne peuvent de ta voix égaler l'harmonie:
La candeur dans ta bouche à la grâce est unie.
La neige a moins d'éclat que ton sein parfumé,
Et ton pied délié par l'amour fut formé.
Qui pourrait t'alarmer? regarde en nos campagnes,
Peux-tu voir ton égale en tes jeunes compagnes?
A l'autel de l'Amour je t'ai donné ma foi,
Je veux toujours t'aimer, toujours vivre pour toi.
Absent, à tes côtés, ton image adorée
Allume dans mon cœur une flamme sacrée.
L'ivoire de ton front paraît-il attristé,
La crainte me saisit, j'ai perdu ma gaîté;
Mais, si d'un doux souris ta bouche est animée,
Je ris tout aussitôt que rit ma bien-aimée.

CHLOÉ.

Un jour, dans le vallon, je gardais mon troupeau,
Ma main fesait tourner un rapide fuseau:

Ùn étranger brillant vint m'offrir sa tendresse;
Il avait tout l'éclat que donne la richesse:
Il était jeune et beau, savant à bien parler;
Mais tous ses vains discours ne purent m'ébranler.
A ses palais pompeux, aux plaisirs de la ville,
Je préfère, au hameau, mon calme et simple asile,
Si l'amour, à jamais, nous unit sous sa loi,
Si j'ai mon bien-aimé, pour y vivre avec moi.

DAPHNIS.

Ton amour m'est plus cher que l'éclat de la gloire!
Au nombre des guerriers, au temple de mémoire,
Peut-être, pour toujours, j'aurais inscrit mon nom;
Mais j'ai mis à t'aimer ma seule ambition.
Comme une fleur des champs qu'un matin voit éclore,
Et qui déjà n'est plus à la nouvelle aurore,
Tels couleront mes jours dans nos calmes forêts.
Assis à tes côtés, je lirai dans tes traits
Quels seront tes désirs, mon aimable bergère,
Et tu verras mes soins, mes efforts à te plaire.

CHLOÉ.

O volupté d'aimer! ineffable bonheur!
Ta voix remplit mon sein d'une brûlante ardeur;

Un vague plein d'attraits s'empare de mon âme
Et l'espoir me soutient sur ses ailes de flamme.
D'un seul de tes regards tout mon être est charmé!
Pour moi, le monde entier est dans mon bien-aimé!

DAPHNIS.

Reçois, prends un baiser de celui qui t'adore!
Ma Chloé, mon bonheur, reçois, puis prends encore!

Solitaires rochers, sapins majestueux,
Romantiques coteaux, torrents impétueux,
Échos, au son plaintif, verdoyantes vallées,
Recevez mes serments: les mers amoncelées
Balanceraient leurs flots à la cime des monts;
Le soleil éperdu confondrait les saisons;

Reçois, prends un baiser de celui qui t'adore!
Ma Chloé, mon bonheur, reçois, puis prends encore!

La colombe craintive effraîrait le vautour;
Les brebis et les loups s'uniraient par amour;
Les corbeaux à chanter défîraient Philomèle;
Le Zéphyre inconstant se montrerait fidèle;
Les habitants des eaux nageraient dans les cieux;
Et Phœbé cesserait son cours audacieux;

Reçois, prends un baiser de celui qui t'adore!
Ma Chloé, mon bonheur, reçois, puis prends encore!

La rose s'ouvrirait au milieu des frimats;
Les trônes renversés rouleraient sous mes pas;
Les mondes ébranlés quitteraient leur carrière;
J'entendrais des humains sonner l'heure dernière;
Ma bouche te dirait: je suis toujours à toi!
Tant que j'existerai je veux subir ta loi!

Reçois, prends un baiser de celui qui t'adore!
Ma Chloé, mon bonheur, reçois, puis prends encore!

Désespoir

de Daphnis.

De vos jeux innocents modérez l'allégresse,
Brebis, tendres agneaux, partagez ma tristesse.
Et toi, que mon malheur n'a jamais pu changer,
Mon chien, suis mon troupeau, défends-le du danger.

Chloé n'est plus à moi!.... Chloé m'est infidelle!....
Chloé m'a délaissé!.... Je brûle encor pour elle!....
Au bord de nos ruisseaux, dans nos riants vallons,
Que de fois, à ses pieds, j'écoutai ses chansons!
Que de fois, dans nos champs, ivre, hors de moi-même,
J'ai dit en l'écoutant: ma Chloé, que je t'aime!
Mon cœur à son aspect nageait dans le plaisir.
C'était un bonheur pur, un bonheur sans désir.

Mon œil suivait son œil; sous sa longue paupière,
Je croyais voir, hélas! son âme tout entière.
Quand elle me touchait, un doux frémissement
Dans mon être soudain passait rapidement.
Mes jours, comme un instant, s'écoulaient auprès d'elle!
Mais tout bonheur m'a fui.... Chloé m'est infidelle!...

. . . .

La fraîcheur de nos bois, le doux chant des oiseaux,
Ne peuvent adoucir ni tempérer mes maux :
En tous lieux, en tous temps, son image charmante
Se présente à mes yeux, m'agite et me tourmente.
Je la vois, je l'entends; d'un fol espoir bercé,
J'imagine parfois que sa main m'a pressé.
La nuit, si le sommeil vient calmer ma souffrance,
Dans mes rêves trompeurs Chloé vers moi s'avance :
Du nectar des baisers je goûte la douceur;
Sur mon sein palpitant je sens battre son cœur;
Mon âme se confond à son âme éperdue,
Et, soupirant d'amour, ma Chloé m'est rendue!

. . . .

Je m'éveille, brûlant du feu de ses appas;
Je répète son nom.... Elle ne répond pas;
Je parcours, de la main, ma couche solitaire,
Et je lui dis : « Chloé, mon bonheur c'est te plaire. »

. . . .

Mais tout reste muet.... Hélas! dans mes beaux jours,
Chloé d'un doux baiser eût payé ce discours :
Son bras, blanc comme un lis, m'aurait serré contre elle,
Et sa voix m'aurait dit : « Daphnis, sois-moi fidèle! »
Sois-moi fidèle!... ingrate..... !! et toi, tu m'as trahi!
Par un or séducteur ton œil fut ébloui.
Je t'avais tout donné pour gage de tendresse :
Ce n'était qu'un troupeau, mais c'était ma richesse!
Au nombre des brebis j'ajoutais le pasteur;
Mais tu m'as délaissé, je n'avais que mon cœur!...

Mort de Daphnis.

Sur mon front pâlissant le trépas se balance !
Murmurantes forêts, solitaires vallons,
Echos, torrents bruyants, vents fiers et vagabonds,
Oiseaux harmonieux, écoutez en silence !

Je n'aimai jamais qu'Elle ! aux premiers traits du jour
Je lui disais : « Pour toi mon cœur est plein d'amour! »
Du repos du sommeil qu'Elle était embellie!
Je cherchais, dans nos prés, la fleur la plus jolie,
Je courais en parer son rose et blanc corset,
Et sa bouche à la mienne aussitôt s'unissait.
Son gracieux souris, son coup-d'œil ineffable,
Répandaient dans mon âme un charme inexprimable.
Je saisissais sa main, nous montions le coteau ;
Mon chien devant mes pas chassait notre troupeau.

Dans un riant bocage, à l'ombre d'un vieux chêne,
Nous allions nous asseoir, au bord d'une fontaine ;
Dans son panier de joncs se trouvait un pain frais,
Et nous prenions tous deux un repas sans apprêts.
Mes brebis, en bêlant, d'une marche pesante,
Se hâtaient d'accourir à sa voix séduisante :
Quel était mon bonheur, lorsque, d'un air charmant,
Elle m'offrait leur lait écumeux et fumant!

Jours de félicité! délicieuse ivresse!
Des rapides Autans vous eûtes la vitesse :
Vous êtes écoulés, écoulés sans retour;
Et je meurs, consumé, des peines de l'amour.

. . . .

Hélas! je crois encor, couché sur l'herbe tendre,
M'enivrer, à ses pieds, du plaisir de l'entendre;
Voir son fuseau léger courir entre ses doigts,
Et suivre, dans les airs, le doux son de sa voix.
Dans mes brûlans transports, je lui disais sans cesse :
« Toi seule es mon bonheur! toi seule es ma richesse! »

Daigne exaucer mes vœux, Déesse des amants!
Que je suive partout les pas de l'infidelle :

Il est beau du malheur d'alléger les tourments;
Il est beau de punir une âme criminelle.

Que je devienne l'eau dont les flots fortunés
Chaque jour vont baigner sa bouche parfumée;
Ou ces rubans légers, ces rubans destinés
A natter, avec art, sa coiffure embaumée.

Que je sois le miroir où ses yeux caressants
Consultent, au matin, son attrayante image;
Ou le tissu moëlleux dont les plis ravissants
Se pressent, à l'envi, sur son joli corsage!

Que je sois ce fichu, doucement agité,
Qui presse, mollement, sa gorge enchanteresse;
Ou l'ambre du collier, avec grâce sculpté,
Qui des lis de son cou relève la noblesse!

O Reine de Paphos, comble-moi de faveurs!.....
Des pieds de ma Chloé que je sois la chaussure;
Et, quand la sombre nuit dispense ses douceurs,
Qu'excepté mon amour tout dorme en la nature.

Vains discours!... vains désirs!... amour infortuné,
Tu n'as su la fixer.... Je meurs abandonné!

. . . .

Il me faut vous quitter, verdoyantes prairies,
Bocages enchanteurs, coteaux, rives fleuries!
Et vous, à mes tourments, par bonheur, étrangers,
Témoins de mes douleurs, agneaux doux et légers,
Adieu! vivez heureux! Adieu, mon chien fidèle!....
Reproche à tout instant ma mort à la cruelle.....
Adieu, ma tendre mère!...... adieu la vie!.... Il dit:
Ses pleurs coulent à flots, sa voix s'anéantit.

L'astre brillant du jour avait fui les campagnes,
Et la nuit, sur son char, couronnait les montagnes;
Le laboureur lassé regagnait le hameau;
Le berger appelait et comptait son troupeau;
Mais Daphnis, épuisé de sa longue misère,
Ne peut se retirer dans son humble chaumière.
En cercle, à ses côtés, ses agneaux rassemblés
Font retentir les airs de leurs cris redoublés :
Son chien tourne autour d'eux, il s'arrête à son maître;
Il gémit sur ses maux, il cherche à les connaître;
Il s'élance, il revient; et, rempli de douleur,
Dans ses yeux attendris épanche tout son cœur.

Déjà, dans l'orient, la belle et fraîche Aurore
Eclaircit de ses feux la nuit qui règne encore;

Le laboureur actif, s'arrache au doux sommeil,
Et, dans ses champs féconds, devance le soleil.
Daphnis ne paraît pas; sa voix mélodieuse
Ne va pas répéter sa plainte harmonieuse.
Les bergers étonnés le cherchent dans les champs,
Dans les prés, dans les bois, sur le bord des torrents.
« Daphnis! » s'écriaient-ils; l'écho de la vallée
Leur répondait « Daphnis! » d'une voix désolée.
Dans un sombre bosquet, près d'un bruyant ruisseau,
Ils découvrent enfin Daphnis et son troupeau.
« Pasteur infortuné, l'amour d'une infidelle
» Pourrait-il te plonger dans la nuit éternelle?
» A l'autel de Vénus viens brûler ton encens;
» Vénus embellira le reste de tes ans.
» — Amis, se pourrait-il... qu'un autre amour m'enflamme?...
» Quel mortel peut aimer...., lorsqu'il n'a plus son ame?
« Hélas! j'ai tout perdu.... quand j'ai perdu son cœur...
» J'en péris de regret...., mais j'aime ma douleur...
» Adieu! chers compagnons. Redites... à ma mère... »
Il ne peut achever, sa tête tombe à terre:
« Chloé passait ici! » murmurait-il tout bas,
Et sa bouche baisait la trace de ses pas.

Déjà, la renommée, en toute la contrée
Racontait du berger la fin prématurée:

Les vierges accouraient, les yeux baignés de pleurs,
Du sensible Daphnis énombrant les douleurs :
« Des bergers du hameau la gloire et le modèle,
» A des serments trahis, ô cœur par trop fidèle!
» Renais à l'espérance; à calmer tes tourments
» Nous mettrons tous nos soins et nos plus chers moments.
» Chaque jour tu viendras, quand nous filons nos laines,
» Longuement nous chanter ton amour et tes peines;
» Chaque jour l'amitié de son baume enchanteur
» Versera doucement une goutte en ton cœur.
» Reviens, Daphnis, reviens habiter ta chaumière;
» Un choix plus fortuné peut charmer ta carrière. »

Le malheureux Daphnis s'émeut à ces accents;
Mais la mort dominait dans ses yeux languissants.
Il voudrait leur répondre; et, dans cet instant même,
Il semblait répéter : « Chloé, c'est toi que j'aime! »

Retenez vos parfums, modestes fleurs des bois;
Légers zéphyrs, cessez les accords de vos voix;
Soleil, revêts ton front des feux les plus funèbres;
Toi, paisible Phœbé, respecte les ténèbres;
Vents, ne combattez plus les flots bruyants des mers;
Que la douleur partout règne dans l'univers;
Que tout verse des pleurs, le beau Daphnis succombe,
Et l'Amour éploré vient gémir sur sa tombe.

IMPRIMERIE DE SÉTIER,
COUR DES FONTAINES, N° 7, A PARIS.

www.ingramcontent.com/pod-product-compliance
Ingram Content Group UK Ltd.
Pitfield, Milton Keynes, MK11 3LW, UK
UKHW020536230726
13925UKWH00005B/2323

9 782014 037562